为了人与书的相遇

Yoko Ono

Grapefruit

A Book of Instructions and Drawings

葡萄柚

一本指令与图画书

小野洋子 著
约翰 · 列侬 导言
梁幸仪 翻译
张宇凌 校译

广西师范大学出版社
· 桂林 ·

导 言

约翰·列侬

嗨！我叫约翰·列侬，
我想让你见见小野洋子。

你想在哪里度过永恒？

——威尔士的一块石头里。

1 音乐

神秘篇

选择一个你想弹的音符，

用以下伴奏来演奏它：

夏日

早晨 5 点到 8 点的树林。

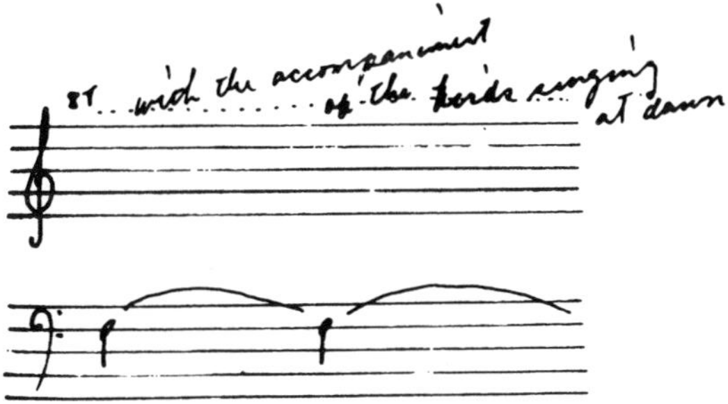

1953 夏

笑篇

持续笑一周。

1961 冬

咳嗽篇

持续咳一年。

1961 冬

给女高音的声音篇

尖叫。

1. 冲着风
2. 冲着墙
3. 冲天空

1961 秋

给乐队的篇章

No. 1

剥

No. 2

瞥

No. 3

脱

1962 夏

给乐队的篇章

No. 4

撕

No. 5

摸

No. 6

搓

1962 秋

给乐队的单篇

在心中
默数当夜所有星星。
当所有乐队成员
都数完星星或
黎明到来时，曲终。
除了星星，
也可以数窗户来完成作品。

1962 夏

给乐队的墙篇　献给小野洋子

用你的头撞一堵墙。

1962 冬

给乐队的楼篇

从一间房走向另一间，
打开又合上每一扇门。
别制造任何声响。
再从楼顶
走到楼底。

1963 冬

给乐队的饮水篇

想象让一条金鱼游过天空。
任它由西游到东。
喝一公升水。
想象让一条金鱼游过天空。
任它由东游到西。

1963 春

体音录音带篇

在不同时间为各色人等
录制体音录音带。
老人、年轻人、哭的人、渴望的人、
兴奋的人、冷静的人、怀疑的人，等等。

1964 春

录音带篇 I

石之曲

录下石头变老的声音。

录音带篇 II

房之曲

录下房间呼吸的声音。

1. 在黎明
2. 在清晨
3. 在午后
4. 在黄昏
5. 黎明前

同时把那一小时内房间的气味装进瓶子。

1963 秋

录音带篇 III

雪之曲

录下雪落的声音。
须在傍晚完成。
不要听。
把录音带剪开，用作包扎礼物的带子。
如果乐意，以同样的方式
把一张声音记录纸做成礼品包装纸。

1963 秋

录音带篇 IV

动之曲

录下众星移动的声音。
不要听。
把录音带剪开，交给路人。
或者以合适的价钱卖掉。

1963 秋

录音带篇 V

梳之曲（a）

录下你妻子每天梳头的声音。
保存录音带。
直到她死时和她埋在一起。

梳之曲（b）

录下你丈夫每天梳头的声音。
保存录音带。
到他死时才播放。

梳之曲（c）

录下你孩子梳头的声音。
当她卧病在床时放给她听。

1963 秋

鱼曲

在月圆之夜
录下鱼的噪音。
直到黎明。

1964 春

泛音曲

仅用泛音制作音乐。

1964 春

时钟篇

倾听时钟敲响。

钟声结束后，

在你脑海里精确地重复它。

1963 秋

收集篇

在脑海里收集一周之内
你无意中听到的声音。
找一个下午
在脑海里以不同的顺序重复它们。

1963 秋

鼾声篇

听一群人打鼾。

直到黎明。

1964 春

钟篇

听钟敲响一小时。
让钟声在脑海里回响
衰减为弱音。
让钟声在梦中回响
衰减为极弱。
在遗忘，渐次地
衰减为超极弱。

再试试其他声音
　　比如，母亲的说话声
　　　　婴儿的啼哭
　　　　丈夫的歇斯底里

1963 秋

回声电话篇

找一个无论你说什么它都
只发出回声的电话。
每天打这个电话，跟它说
很多事情。

1964 春

给乐队的自行车篇

在音乐厅里任何可能的地方
骑自行车。
别发出任何声响。

1962 秋

跳动篇

听一颗心在跳。

1963 秋

脉动篇

把耳朵贴在对方肚子上
听彼此的脉搏。

1963 冬

地球篇

聆听地球转动之声。

1963 春

水篇

聆听地下水之声。

1963 春

水篇

用桶从水上偷月亮。
一直偷，直到水上再也看不见月亮。

1964 春

黄昏篇

取你脑海中首先浮现的那个词。

一直重复该词直到黄昏。

1963 冬

房间篇 I

在一间房里待一周。
除了水别吃任何东西。
待一周结束时
请一个人对你说悄悄话。

房间篇 II

在一间房里待十天。
别吃东西。
抽烟。
待十天结束时
相互说悄悄话。

1963 冬

房间篇 III

在一间房里待上一个月。

不要说话。

不要看。

待一个月结束时说悄悄话。

1963 冬

背篇 I

把灯熄灭。
在一个人背后躲四小时。

背篇 II

把灯熄灭。
躲在一个人背后走四小时。

1961 冬

线篇

画一根线。

擦掉这根线。

线篇

画一条包含你自己的线。

一直画直到你消失。

1964 春

音乐会篇

大幕拉起时，躲起来
直到所有人都已离开。
出来表演。

1963 秋

捉迷藏篇

躲起来，直到所有人都回了家。
躲起来，直到所有人都忘了你。
躲起来，直到所有人都死了。

1964 春

行走篇

踏着前面那个人的足迹行走。

1. 在地面
2. 在泥里
3. 在雪里
4. 在冰上
5. 在水里

尽量别发出声响。

1964 春

城市篇

推一辆空的婴儿车，
走遍整座城。

1961 冬

城市篇

踏进城里的每一个水坑。

1963 秋

风篇

吹帽子吹得满城纷飞。

1962 秋

雪篇

想想雪正在下。
想想雪在所有时刻落在所有地方。
当你与一个人交谈，想想
雪正落在你们之间，
也落在对方头上。
停止交谈，当你想到
对方已被雪遮盖。

1963 夏

雪两篇

独奏或三重奏

No. 1

看雪落，直到晚餐时分。

No. 2

看雪落，直到雪盖住三十三幢楼房。

1964 春

额外雪三篇

独奏或乐团合奏

No. 1

把雪的声音寄给一位你喜欢的人。

No. 2

在雪里行走不留脚印。

No. 3

在雪里找一只手。

1964 春

木篇

随便挑一块木头。
用手从不同角度敲击
使它发出不同声音。(a)
敲击木头的不同部位
使它发出不同声音。(b)

1963 秋

石头篇

找一块与你大小或重量相当的石头。

把它敲成细粉末。

把粉末扔在河里。(a)

把粉末以小份寄给友人。(b)

别告诉任何人你干了什么。

别对友人解释粉末的来历。

1963 冬

吞拿鱼三明治篇

想象有一千个太阳
同时在天上。
让它们照耀一小时。
然后，让它们逐渐融入天空。
做一份吞拿鱼三明治并吃掉。

1964 春

墙篇 I

与另一人隔着两堵墙睡觉。
相互窃窃私语。

1963 秋

水篇

水。

1964 春

读后请你烧了这本书。

——Y.O.

2 绘画

三节画

让一根藤生长。
每天浇灌。

第一节——直到藤伸展。
第二节——直到藤枯萎。
第三节——直到墙消失。

1961 夏

给风的篇章

把一幅画剪成碎片，让它们
随风而逝。

1962 夏

给风的画

在装满种子的袋子上剪一个洞，
把袋子放在有风吹的地方。

1961 夏

给风的画

剪一个洞。
把它留在风里。

1961 秋

为了看见天空的画

给画布钻两个洞。
挂在能看见天空的地方。

(改变挂画的位置。
前后窗都试一下，看看
天空是否有所不同。)

1961 夏

给天空的画

给天空钻一个洞。

用纸剪一个大小相同的洞。

把纸烧掉。

天空须是湛蓝的。

1962 夏

为了看见天空的画 III

在一个女人的大腿间看天空。
在你自己的大腿间看天空。
在属于自己的东西上剪洞，
透过洞看天空。

比如，裤子、外套、衬衫、袜子等。

1962 秋

为了让傍晚的光通过的画

在一张画布后面挂一个瓶子。
把画布挂在西面有光进来的地方。
当瓶子在画布上形成阴影时，
画就存在，或者
它也不一定要存在。
瓶子可以盛酒、水、
草蜢、蚂蚁或会叫的昆虫，或者
它也不一定要装什么。

1961 夏

为了看见房间的画

在画布中央钻一个
很小，小到几乎看不见的孔，
透过它看见整个房间。

1961 秋

阴影篇

召集你的所有阴影
直到它们变成一个。

1963

剪切篇

把它从高楼上扔下去。

1962 夏

A加B画

在画布A上剪一个洞。把一个数字、
一个罗马字母或片假名
置于画布B上任意一点。
将画布A叠在画布B上，
一起悬挂。
画布B上的字符可能全露，
可能半露，也可能不露。
你也可以使用旧画，旧照片等等
代替空白画布。

1961 秋

A 加 B 画

让其他人从画布 A 上
剪下来一块。
你把剪出的那块粘在画布 B 上的
同一个位置。
对齐画布 A 和画布 B，把它们
挂在一起。
做这件作品你可以使用空白画布或者
旧画、旧照片。

1961 秋

画，直到它变成大理石

挑一幅你喜欢的绘画、设计、
照片，或文章（打印的或不是打印的），
将它裁剪出来并挂上墙。
让参观者剪掉它们最喜爱的部分并带走。
举例，假如参观者喜欢红色，
让他带走所有红色的部分。
请许多参观者来把他们最喜爱的部分
带走直到整幅作品都消失了。
还有，不一定剪掉局部，
也可以请参观者把局部涂黑。
假如你用的是文章，请参观者把
最喜欢的字母或单词剪下来。

1961 夏

放大才看得见的绘画

1961 夏

仅在被复制或拍照时存在的绘画

让人们复制或拍摄你的绘画。
毁掉原作。

1964 春

钉钉子画

把一枚钉子敲进一块玻璃的中心。
把每一块碎片寄到一个任意的地址。

1962 春

钉钉子画

每天清晨，把一枚钉子敲进
一面镜子，一块玻璃、画布、木板或
金属版。并且，捡起你早晨梳头时掉下的
一根头发。将它缠绕在钉子上。
当整个表面钉满钉子时，
画作完成。

1961 冬

血篇

用你的血来画画。
一直画到晕倒。(a)
一直画到死。(b)

1960 春

水滴画

让水滴下来。
在下方放一块石头。
水滴石穿时，画作完成。
你可以根据自己喜好
改变水滴落的频率。
你也可以用啤酒、葡萄酒、墨水、血等
替代水。
你也可以用打字机、鞋子、衣服等
替代石头。

1961 秋

握手画

（给胆小鬼的画）

在画布上开一个洞。
从背面把手穿过去。
从这个位置接待你的客人。
与他握手并用手交谈。

1961 秋

时光绘画

画一幅只在一天中的
特定时刻，在特定光线下
才显现的画。
显现的时间要非常短。

1961 夏

葬画

月圆之夜，将一幅画放置庭院内，
从凌晨一点到黎明。
当画布被晨曦
彻底染成玫瑰色时，
拆掉或折叠它，然后埋葬。

埋葬方式：

1. 埋在园中，上面放一个有数字的标记。
2. 卖给收破烂儿的。
3. 扔垃圾堆里。

1961 夏

烟画

在某个时刻以任意时长
点燃一张画布或完成的画作。
观察烟的运动。
当整张画布或画消失时
画作完成。

1961 夏

睡画

在上面躺超过 100 个夜晚后挂起。

1962 夏

踩画

把一张画布或一幅完成的画作
放在地板上或街上。

1960 冬

浇画

每天给画浇水。

1962 夏

用来穿的画

从买到的画中裁剪出夹克或裙装，
比如达 · 芬奇、拉斐尔、德 · 库宁的。
有画那面你可以穿在里头
也可以穿外头。
你也可以用画来剪裁出内衣裤。

1962 夏

厨房篇

挂一张画布在墙上。
把当天你厨房中所有的残渣
往画布上扔。
你也可以为该作品准备
特殊的食材。

1960 冬

为一架破缝纫机而作的画

把一架破缝纫机放在一个
体积比它大十到二十倍的
玻璃缸里。每年的
一个下雪的傍晚，把玻璃缸
放在城市广场，让所有人
朝它掷石头。

1961 冬

修补绘画

选一幅有瑕疵的旧画，
用肥皂把它彻底洗净。
扑粉。（该步骤也可以取消，
依据你的品味来。）
喷香水。
香水贵贱皆可，
取决于你的品味。
时间应该设在傍晚，
亮灯以前。
如果天色太暗了
你可以到窗户旁边喷。
除了旧画你也可以使用旧墙壁、
旧人行道、旧鞋、旧手套。

1962 夏

大炮篇

把你的名字贴在窗上。
借一枚大炮。
在一定距离外朝你的名字开火。

可以是人名，也可以是
从电话本里随机抽取的
一个号码。

假如找不到大炮，你也可以用
机枪、弓弩、石头、
唾沫、尿液、
水龙头，
或任何其他招数。

假如无招可用，就一直盯着名字看
直到它被日落晒得
无法辨认。

你可以用望远镜来看它。

1963 秋

风筝篇 I

从展厅借出《蒙娜丽莎》。
把它做成一只风筝并放飞。
把它放得足够高以至于蒙娜丽莎的
微笑消失。(a)
放得足够高以至于蒙娜丽莎的
脸消失。(b)
放得足够高以至于它变成一个点。(c)

风筝篇 II

每年特定的一天，收集旧画，
比如德·库宁、克莱因、波洛克的。
把画做成风筝并放飞。
放得足够高之后切断线让它们飘浮。

风筝篇 III

把你的照片放大，做很多很多
风筝并放飞。
当它们塞满天空时，
请人来射击。
你还可以把照片做成气球而不是风筝。

1963 秋

姿势篇

从瑜伽中选取一个姿势，以该姿势
欣赏你喜欢的一幅画，
保持两天。
你的姿势可以与画面成
任意距离和角度。
两天之后，
摧毁画作。
除了画，
你也可以使用照片，
一面镜子，或一个人。

1963 夏

睡眠篇 I

写下所有你想干的事。
让其他人去干，你去睡觉，
直到他们把所有事情都干完。
你能睡多久就睡多久。

睡眠篇 II

写下所有你想干的事。
给某个人看。
让他替你睡觉，直到
你把所有事情干完。
你能干多久就干多久。

1960 冬

玛丽的肖像

把一张画布寄给某国的一位玛丽
请她在上面贴上自己的照片。
请她把画布寄给另一国的另一位玛丽，
重复步骤。
当画布被各种玛丽的照片塞满时，
就开始往回寄。
名字并不是非玛丽不可，
也可以是一个虚构的名字，
这种情况下画布就要寄到不同的国家
直到有同名者被找到。
贴在画布上的物件也不一定是照片。
还可以是一个数字，
一只昆虫或者指纹。

1962 春

肚子篇

数对方肚子上有几条皱纹。
在你们的卧室墙上挂一块画布，
上面写着双方皱纹
相加之和。

你也可以用该数字代替姓名
放在你的名片或门牌上。

1962 夏

在头脑中构建的画

仔细地观察三幅画。

在你的头脑中充分混合。

1962 春

在头脑中构建的画

钉一枚钉子进一块玻璃的中央。
想象把玻璃碎片寄到随机筛选的地址。
把地址和寄出碎片的形状录入备忘。

1962 春

在头脑中构建的画

想象把画布分成二十块各异的形状。
把每一块精确复制并把复制品寄往
随机筛选的地址。把二十个地址
和与之相应的形状写在画布背面。

1962 春

在头脑中构建的画

想象一朵由硬物塑成的花朵，
比如金、银、不锈钢、
锡、大理石、铜，等等。
想象它，乃至你可以一一
数出它的千片花瓣。
想象所有花瓣瞬间变软，如棉如肉。
在三小时内掐掉所有花瓣。
仅留一片夹在书中。
在夹花瓣页面的边缘空白处，
记下花瓣的由来与名字。
至少要花八个小时来建构这幅画。

1962 夏

颜色篇

无确切形状之视界——
无确切形状之嗅觉、预感、感官——
投下的黑影——
有着幽幽毛发味和类似透明赛璐珞
上的淡黑斑点的老鼠颜色——
有着冷静而富动感的
闪烁与柔软的玫瑰颜色——
那种自身并不存在，仅当投射在两个
移动物之间时才存在的颜色——
像是遗留在某个移动物身上的
幻觉痕迹般的颜色——
仅当运动以某种特定方式切割空气时
才存在又匆匆消逝的颜色。
用这般颜色晕染你心不在焉的思绪。
长时间心不在焉。

1964 夏

橡皮篇

想象你的身体快速展开
覆盖世界如薄纱。
想象把这薄纱的其中一块切下来。
切下一块等大的橡皮，
挂在你床边的墙上。

1964 春

3 事件

点火篇

点一根火柴，盯着它看直到熄灭。

1955 秋

中央公园池塘篇

到中央公园池塘中心
扔下你所有的珠宝首饰。

1956 秋

豌豆篇

背一袋豌豆。
在你所到之处都留下一颗。

1960 冬

气味篇 I

寄出月亮的气味。

1953 秋

气味篇 II

寄一种气味到月亮。

1962 冬

乱七八糟篇

把一些东西用到融化。
用完之后擦干你黏糊糊的手指。

把一些东西用到蒸发。
用完之后喝点水。

把一些东西用得又干又硬。
然后用它们造长笛一管。

1964 夏

弹珠球篇 I

走到哪儿都留下一粒弹珠球。

弹珠球篇 II

把你的全部隐秘想法告诉一粒弹珠球。

1963 夏

气味篇

用一张没有名字的名片。
用一个地址及一种气味代替名字。

气味篇

通过风发出气味信号。

1963 夏

公告篇 I

每次搬家，发一篇讣告
而不是地址变更公告。
到你死时还发同一篇。

1962 夏

公告篇 II

每次你死的时候都发搬家公告。

1963 夏

飞篇

飞吧。

1963 夏

云篇

想象云在滴水。
在你的花园中挖一个洞
存放它们。

1963 春

地图篇

画一张想象的地图。
给地图上你想去的地方
放置目的地标记。
依照想象的地图在真实的街区行走。
假如没有地图上显示应有的路，
就移除障碍造一条路。
抵达目的地后，询问城市的名字，
送鲜花给遇见的第一位路人。
须严格照地图行事，
否则就必须放弃整个行程。

请你的朋友来画地图。
送地图给你的朋友们。

1962 夏

地图篇

画一张地图，为了迷路。

1964 春

面具篇 I

造一张比你的脸大的面具。
每天打磨这张面具。
早晨，洗面具而不洗脸。
当有人想吻你的时候，
让他／她吻你的面具。

1961 冬

面具篇 II

造一张比你的脸小的面具。
让它替你喝酒。

1962 夏

聊天篇

包扎你身体的任意部位。

如果有人问起，编个故事告诉他／她。

如果没人问起，吸引人们的注意力

然后向他们讲故事。

如果人们忘了，提醒他们，继续讲。

除故事之外别聊任何事。

1962 夏

铅笔芯篇

想象你满脑袋都是铅笔芯。
想象其中一根断了。
给你朋友看一根铅笔芯，
告诉他这是从你脑子里出来的。

1962 夏

搭车篇

搭一辆灵车游遍全城。

1962 冬

太阳篇

盯着太阳看直到它变成方形的。

1962 冬

散步篇

用一根阴茎搅拌你的脑袋
直到搅拌均匀。
去散步。

1961 冬

脏衣服篇

招待客人的时候，
拿出你当天待洗的衣服，
一件一件解释给他们听，
是什么时候，怎么弄脏的
以及为什么，等等。

1963 夏

数数篇 I

每天数一遍城市里灯的数目。
做一张表挂在墙上。

数数篇 II

每天数一遍天上星星的数目。
做一张表寄给你的朋友。

数数篇 III

数自己脸上或全身或身体
某一部位的皱纹数。
把数字当信寄给你的朋友。

1962 冬

时钟篇

把世上所有时钟往前调快两秒，
不让任何人知道。

1963 秋

时钟篇

也许世界的主时钟走快
或走慢了一秒而没有任何人知道。
只要没人知道，
一切就相安无事。

时钟篇

偷走世上所有钟表。
全部销毁。

1963 夏

时钟篇

把镇上所有钟表收集起来。
给每块设定一个主观时间，随你定，
或者依据一个你自创的系统。
什么系统都行，只要没有任何一块钟表
被故意设成正确的时间。

1963 夏

时钟篇

选一个钟。

设置好时间。

你可以上发条但永远不能重置。

把它称作你的生命时钟。

按照它生活。

1964 春

投掷篇

把一块石头投向天空，足够高
直到它不再回来。

1964 春

抽烟篇

把一切事物当烟抽。
包括你的阴毛。

1964 春

纸牌篇 I

走到你的“世界内部空间”[1]之中心。
出一张牌。

纸牌篇 II

在你的“世界内部空间”之中心开一个洞。
换牌。

纸牌篇 III

给你的各个“世界内部空间”洗牌。
发一张牌给一名路人。
并请他忘记。

1964 春

[1] 译注：“世界内部空间”，Weltinnenraum，德国诗人里尔克创造的概念，是人的心灵与万物存在隐秘相通的玄妙空间。

纸牌篇 IV

在世上所有“世界内部空间”的
上方放一块石头。
给它们编号。

纸牌篇 V

和你的“世界内部空间”玩多人纸牌游戏。
赌钱。
和你的“世界内部空间”玩单人纸牌游戏。
赌生死。

1964 春

纸牌篇 VI

从你的“世界内部空间”找一张牌。

纸牌篇 VII

打开你的“世界内部空间”里的
其中一所房子上的一扇窗。
让风进来。

1964 春

镜子篇

与其找一面镜子，
不如找一个人。
冲他看。
找不同的人。
老、幼、肥、瘦，等等。

1964 春

房间篇

当需要一间房时，找一个人而不是
一间房。
住在他身上。
当还需要一间房时，再找一个人
而不是另一间房。
住在他们身上。

1964 春

盒子篇

买许多梦之盒。
让你的妻子选其中一个。
一起做梦。

1964 春

面具篇

戴一副空白面具。
边走边请人们在上面
添皱纹、酒窝、眼睛、嘴，等等。

1964 春

飞行篇

给两千个气球剥皮。
让它们飞在空中。

1964 春

飞机篇

租一架飞机。

邀请所有人。

请他们登机前写一封遗书给你。

1964 春

旅行篇

造一把钥匙。
找跟它匹配的锁。
假如你找到了，
就把装着那把锁的房子烧掉。

1964 春

药方篇

开一种使人能
穿墙的药方并且只让
头发回来。

1964 春

用旧机器

在使用以下事物之前，先请一个男人
把它们用旧。
比如：
女人
衣服
书
公寓
钢琴
打字机

1964 春

倒下篇

脱离你自己。
看自己走在一条街上。
使自己被一块石子绊倒。
看着。
看其他人看着。
仔细观察自己是怎么倒下的。
用了多长时间，以什么节奏倒下。
就像看一部慢镜头电影。

1964 春

雾篇 I

想想旁边那人在想什么。

雾篇 II

打磨一只橙子。

雾篇 III

寄一片雾给你的朋友。

1964 春

名字篇

在不同年龄阶段改变自己的名字。

根据不同年份。

不同日子。

不同场合。

不同的衣服颜色。

1964 春

光篇

提一个空袋子。

走到山顶。

尽量把所有光倒进去。

天黑时分回家。

把袋子挂在房间中央。

代替一个灯泡。

1963 秋

谈话篇

谈论某个想象的人的死亡。
假如有人感兴趣，
拿一张死者的黑框相片给他看。
假如有朋友邀请你，
就通过解释死者的死因来脱身。

1963 夏

手篇

坐在花园里。
举起一只手。
伸长直到手触到云，
请你的朋友做个标记。
继续伸展直到穿出平流层，
请你的朋友挂旗庆贺。

1963 夏

动物篇

从一种动物身上学一种习性
把它变成你自己的，保持一周。

从另一种动物身上学另一种习性，
把它变成你的，同时不要丢掉
之前已经获得的习性。

继续从不同动物身上获取
越来越多的习性。

1963 夏

天空事件 献给约翰·列侬

事件组织者可从以下版本中选其一：

a）等待，直到一片云出现在你头顶
b）等待，直到雪落下来
c）等待，直到一把椅子倒下来

三个版本均可在一年中的任何季节进行。人们集会时应穿着周日盛装，戴他们最美的帽子，等等。

如果天气冷，就烧火，如果热就相互传递冷饮并等待。

在街上叫停车辆和行人，告知他们此事正在发生，请他们也加入。给朋友和陌生人打电话，邀请他们加入。

给人们准备好双筒和单筒望远镜，以便不时观看天空。要为那些准备爬到高空去观天的人准备超长的梯子。

集会可以在室内或室外进行。如果在室内，最好是选择一所有巨大窗户的房子。假如是一所封闭的房子，就轮流出去察看。

在等待之前，之中，之后给天空、城市和人拍照。

不要大声喧哗或制造噪音，这样你可能会吓着天空。

1968 春

天空事件 II

(想象的天空事件——献给约翰·列侬的天空事件)

在脑海中完成天空事件。
然后走到大街上，拍照记录下事件。

假如你想象中的天空事件发生在另一个城市，
请那个城市的朋友为你拍照记录。

小野洋子版权 '68 伦敦

出生：鸟年

儿童期：收集了天空

青少年期：收集了海藻

青年期：生了一颗葡萄柚

收集了蜗牛、云朵、垃圾桶，等等。

从多所专攻以上学科的院校毕业。

目前：作为一名私人讲师就以上学科及

其他内容周游讲学。

哈尔·卡普娄奖获得者

声明：

人们继续从我身上剪下他们不喜欢的部分

直到最后我只剩下那块仍在我之内的石头

但他们仍不满足还想知道石头里面是个什么样子。

y.o.

P.S. 假如你胃里的蝴蝶死了，

发黄色讣告给你的友人。

为作品“石头”而写，贾德逊教堂展厅，

纽约，1966 年 3 月。

4 诗歌

数字篇 I

数书中所有单词的数量，
以代替阅读它们。

数字篇 II

把书中所有名词
以数字代替
并阅读。
把书中所有形容词
以数字代替并阅读。
把书中所有单词
以数字代替并阅读。

1961 冬

口香糖机篇

在口香糖机里放
许多不同的单词卡，
把它和可乐机并排
放在每个街角。
让它吐出一张单词卡，
每当你放一分钱进去。

放进去比名词更多的助词。
比形容词更多的动词。

1961 冬

折纸篇

折一张纸的某些局部并读它。

折一只纸鹤并读它。

1963 冬

美元篇

选一定数额的美元。
想象你用这些钱
能买到的全部东西。(a)
想象你用这些钱
买不到的全部东西。(b)
把它写在一张纸上。

1963 春

音节篇

决定终生不再
使用某个音节。
把这样做给你带来的后果
记录下来。

1964 春

储藏室篇 I

想一件你丢了的东西。
在你的储藏室里找。

储藏室篇 II

把一种记忆存放在你的半边脑袋里。
关起来，忘记它。
让另外半边脑袋渴望它。

储藏室篇 III

杀掉所有你睡过的男人。
把骨头装进盒里，与鲜花一道
寄往大海。

1964 春

给人群的触碰诗

触碰彼此。

1963 冬

触碰诗

生一个孩子。
透过它的双眼看世界。
让它触碰所有可能之物
并在上面留下指纹
代替签名。

比如，印度的雪
　　　J.C. 的大衣
　　　西蒙的平衡
　　　云朵
　　　等等

1963 夏

触碰诗 III

虚构的一天，在虚构的某地址
或远方举办一场触碰诗会。

触碰诗 VI

请人来。
只邀请死人。

1964 春

触碰诗 V

触摸墙壁。
检查它的温度湿度。
记录下许多不同的墙的信息。

1963 秋

一首要用放大镜读的诗

Y.O. ’67 秋 伦敦

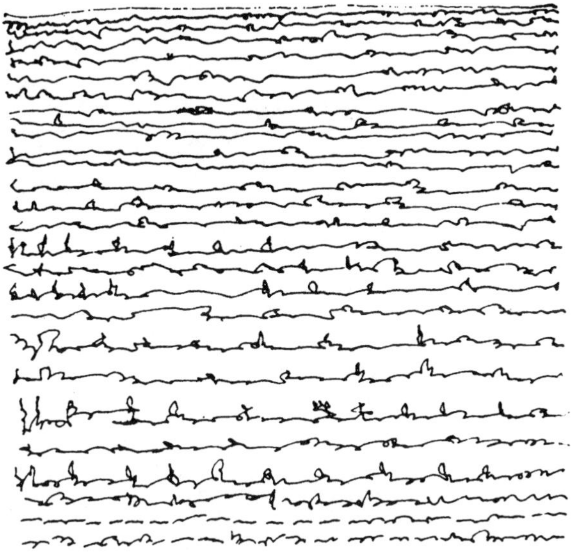

在线上

Y.O. '67 伦敦

这是一条直线

这条不太直

这条线有一千里长

这条线有一寸长

这条线有历史

这条线有味儿

这条线很难受

这条线从前是个圈

这条线曾是只凤凰

这条线据说一度有点灰

这条线每隔十亿年才出现一次

姓名：

年龄：　　　　　　　　　　性别：男　女

职业：

请勾选以下资料：

<table>
<tr><td rowspan="2">1）</td><td rowspan="2">我</td><td>喜欢</td><td rowspan="2">画圈。</td></tr>
<tr><td>不喜欢</td></tr>
<tr><td rowspan="2">2）</td><td rowspan="2">我</td><td>总是</td><td rowspan="2">能好好画圈。</td></tr>
<tr><td>从不</td></tr>
<tr><td rowspan="2">3）</td><td rowspan="2">我</td><td>现在　　　　　　是</td><td rowspan="2">一名更好的画圈者。</td></tr>
<tr><td>过去　　（岁）时曾是</td></tr>
</table>

其他有关你的画圈经历的评价：

画 圈

此处

贴邮票

寄：

小野洋子

帝国大厦

纽约城 1 号，纽约州

调查问卷

1966春

以对或错回答以下问题。

对／错

第六指不经常使用因为它的存在无法从物理上感知。

在纽约城里有一座透明的和平塔，它没有阴影，因此极少被人认出来。

血不是红色的除非暴露在外，当它被想象时是蓝色的。

美国陪审团制度的结构来自约翰·凯奇的偶然音乐操作。（据说著名法官康诺利曾说“一切判决都是美的”。）

从远处看是蓝色和白色，近处看是火山红色的富士山，其实是一项精心策划的现代日本工程，目的是吸引美国游客。

“东区”[1] 不是一个描述方位的词，它原本是一座城的名字“站错边儿的英明东区”（“The Wise East on the Wrong Side”），后缩写为如今人们熟知的“东区”。

你的重量是我的两倍，身高比我矮五英寸。

葡萄柚是柠檬和橙子的杂交。
雪是愿望和哀悼的杂交。

所有水果都是香蕉的相关物种，香蕉是存在的第一果。《圣经》撒了一个有关苹果的谎因为他们觉得提香蕉这个词太不体面了。

蟑螂是运动形式的花朵，尽管视觉上二者似乎并无关联。
偶发艺术最初是由希腊神祇发明的。

“马尼拉信封”[2] 一词源自某种根深蒂固的种族偏见。

[1] 译注：纽约曼哈顿东区。
[2] 译注：牛皮纸袋。

咳嗽是爱的一种形式。

所有街道都是看不见的。看得见的街道都是假的，尽管某些看得见的街道是看不见的那些的尾声。

牙齿和骨头是云的固态形式。

纸是切得极薄而变柔软的大理石。（请用厕纸做出大理石。）

塑料是一部分被切割成固态的天空。（收集很多塑料，透过它们观察，看是不是呈蓝色的。）

假如你穿的衣服足够长，它就会变成你的一部分，当你把它脱下来时你将感到身体严重不适。一位公主在脱掉她身披十年的藤蔓时死去。
一位王子，当缠绕他的藤蔓被移除时，人们才发现他根本不存在。

舍弃一些事物，也就舍弃了你的部分精神。但假如不舍弃它们，你会变老的。

你的兄弟是你在过去世界杀掉的人。他出生在你家是为了接近你。

在世界角落里有一名许愿人，他每天的工作是向世界发出善意的电波以净化空气。

人类原本是倒立用手行走的，但他们变成现在的样子是因为这被视为没那么淫秽。

世界的 99% 由死尸和坟墓构成。
我们是余下的 1%……（或者，我们是么？）

每天都有一千个太阳升起。我们只看到其中之一是因为我们太执着于一元论思想。

钢琴琴键是变硬了的花瓣。

买了小野“袋子衣”的人无不交上绝世好运。——广告

一朵云由以下物质构成：颜色、音乐、气味、睡眠和水。有时候它下的雨里面除了水还有物质，但只有很少人会注意到。

A、B或C

黄色说

a）所有颜色都是想象出来的，除了黄色。黄色是如日中天的颜色。其他颜色都只是黄色不同程度的渐变，被赋予了不同的名字，就好像它们都是独立存在的，纯粹是为了意识形态的目的。——宋博士

b）黄色是唯一想象的颜色。——铃木博士

c）所有颜色都包含了黄色。——李博士

d）所有颜色都是想象出来的。——加藤博士

年轻说

你还年轻是因为：

你永远不成熟。
你对你的丈夫／妻子讲儿语。
你的孩子这么说。
你的孙子这么说。
你的曾孙这么说。
你在自己脸上看不到任何皱纹。
你仍然憎恨同样的朋友。
其他原因（给出你的原因）。

石头说

石头是一个：

名词。
代词。
动词。
副词。
形容词。
介词。
连词。
感叹词。

星星说

天王星是：
蓝的。
红的。
银的。
绿的。
白的。
彩虹色的。

线说

一条线是：
一个病了的圈。
挤在一个狭窄空间里的十亿条线。
一个展开的词。
一个好战的点。

雏菊说

一朵雏菊的重量是：
比你的大脑轻 2 磅。
100 磅加一阵风。
三根羽毛。
一滴你母亲的眼泪。
50 亿磅减去大海。

眨眼说

一眨眼的强度是：
两辆车迎头相撞。
一场风暴化作一缕清风。
一滴水从松动的水龙头滴下来。

风说

风的年龄是：
比帝国大厦老十亿年。
比阿尔卑斯山老三百年。
比海年轻一天。
比基督老一天。
比你的女儿小两个月。
从你死后五个月开始算。

更多相关信息及“调查问卷”副本包含在“石头”小册子内（50 美分）。

小野的销售清单

纽约城 1965

小野的销售清单　这些作品 © 1965 小野洋子　版权所有

A. 自画像……………………………………………………………………………$1-

类型：

带框……………………………………………………………………………$5-

B. 下在黎明的雪的

录音带…………………………………………………………………25 美分 / 英寸

类型：

a）印度的雪

b）京都的雪

c）AOS 的雪

C. 触碰诗 * 根据材质定价 $ 150- — $ 10,000-

类型：

a）纸 套组

b）花 套组

c）水 套组

d）发 套组

e）云 套组

f）风 套组

D. 机器 *

类型：

a）哭泣机—— 投币时为你哭泣和掉眼泪的机器……………………………$ 3,000-

b）词语机—— 投币时生产一个词语的机器 ....$ 1,500-

c）消失机—— 按键时可让一件物品消失的机器 ....$ 1,600-

d）危险盒子——一旦进去，出来时将绝不再是原来的你的机器（我们无法保证你的使用安全）..$ 1,100-

e）天空机—— 投币时不产生任何东西的机器..$ 1,500-

f）永恒时间—— 一架保持永恒时间的美丽的永恒时钟 ....$ 800-

E. **建筑作品 ***（根据承包商安排以及物业价格定价）。

类型：

a）光之屋—— 一所完全由棱镜光筑成的房子，依据日光的变化而存在。

b）风之屋—— 一所有许多房间的房子，其设计让风通过每个房间时产生不同的声响。

c）透明屋—— 一所故意使里面的人看不见外面，外面的人看得见里面的房子。

F. **绘画**

类型：

a）钉子画......... 花画 ....影子画，及其他许多伟大的 DIY 绘画 ....$ 50-

b）局部绘画——细节根据客户要求，包含一万个局部..................$ 100-/3 平方英寸

c）结构之内——方案..50 美分 / 件

d）在你头脑中构建的画——方案 ....50 美分 / 件

G. **花园布景**（根据承包商费用，石头、鹅卵石等定价）。

类型：

a）一个盛满月光营造池塘的浅洞。

b）一个让云滴入的深洞。

c）让雾穿行的拉长的洞。

e）让雪覆盖的石头布景。

f）如同干涸河床的石头与鹅卵石布景。

H. 书信

类型：

a）寄给伊凡 · 卡普的信……原件……$ 300-

副本……50 美分

b）伊凡 · 卡普的回信……原件……2 美分

副本……50 美分

I. 事件

类型：

a）让粉红色的雪落下并覆盖你的城市 —— 保证非人工合成 ——方案……$ 1-

实施……$ 2,000-

b）圈事件……2″× 3″……免费索取

40″ × 24″……$ 150-

c）洞事件……2″ × 3″……免费索取

40″ × 24″……$ 150-

J. 事件记录—— 小野洋子自 1951 年起所创作事件全记录，并附摄影及插图……$ 7-

K. 舞谱—— 二十五部谱……$ 3-

L. 乐谱

类型：

a）实际声音乐谱 .... 50 美分

b）想象音乐——乐谱 .... 75 美分

c）歌剧曲谱 .... $ 1-

d）声音之内 音乐——乐谱 .... $ 1.50-

M. 内衣（提供定制服务）

类型：

a）特殊缺陷男士内衣——突出你的特殊缺陷的设计 ...... 棉质 .... $ 10-

骆马毛 .... $ 175-

b）使你嗨的内衣——女款，细节按要求定制 .... 约 $ 10- —$ 35-

N. 书籍

类型：

a)《葡萄柚》——1964 年 7 月 4 日在东京出版，限量 500 本，英日双语，内含自 1951 年以来创作的超过 200 件音乐、绘画、事件、诗歌以及物品 .... $ 10-

b)《葡萄柚 II》——内含超过 200 件未收录在《葡萄柚》中的音乐、绘画、事件、诗歌以及物品（包括 触碰诗），将于 1966 年出版

出版前预售价 .... $ 5-

出版后售价 .... $ 10-

O. 六个电影脚本——包括走路到泰姬陵 .... $ 3-

* 已申请专利，机器、建筑作品模型可供预约参观，仅接受书面申请。

5 物品

焚烧篇

制作不同物品供焚烧。
物品须是物质的和复杂的。
　　比如，自传
　　　　　刺绣
　　　　　麻将牌
　　　　　雕花椅
　　　　　电子工作室，等等。

品味焚烧所需的不同时长。
当物品烧成灰时作品完成。

不要拿现成品来烧。

1960 春

收集篇 I

选一个题目。

围绕它写五百万页（单倍行距）纸。

收集篇 II

把一个人放在舞台上。

按以下方式事无巨细地检查这个人。

1. 称
2. 量
3. 数
4. 问
5. 肢解
6. 焚烧
7. 记录

1963 春

收集篇 II

选一种方式
把一家当代博物馆拆碎。
收集碎片，用胶水
把它们重新黏合。

收集篇 III

打碎你的镜子，把碎片
散落在不同国家。
旅行，收集碎片
并把它们重新黏合。
你也可以用一封信或一本日记代替
镜子。
你还可以在沙漠上的千尺高空打碎
一个洋娃娃或一架飞机。

1963 秋

米洛的维纳斯篇

把小块分发给前来参观的人们。
请他们带回家抛光。
请他们五十年后把小块拿回来
让维纳斯再度合体。

1964 春

烟囱篇

造三千根烟囱，把它们排成一排，
使它们从某个点看是一根，
从另一个点看是三千根。

1964 春

三根烟囱篇

造三根烟囱。
使它们在一定距离外看像一根烟囱，
从另一点看：像两根，再从另一点看：
像三根。
给三种不同形象拍照。
除了烟囱
你还可以造房子、寺庙，等等。

1964 春

望远镜篇

做一件供人们用望远镜观看的
放在山上的雕塑。

1964 春

辅助商品篇

打造一些比我们目前所拥有的性能更优的
（比如能防水、防火，等等）身体部位。
在辅助商品店里按一定价格出售。
用你在自己公寓里能找到的现成品。

1964 夏

供应品店篇

开一家供应品店卖肢体供应品：

尾巴

头发

肿块

驼背

角

光环

第三只眼

等等

1964 春

项链盒篇

找一种融化时会变成液体的固态物质，
一种透明的，但当你把它放在别的东西
上就会变脏的物质。
此外，重量应当是巨大的或持续变化的。
把这种物质代替照片放在你的项链盒里。

1964 夏

6 电影

电影脚本 3

请观众把银幕形象中他们不喜欢的
部分剪下来。

提供剪刀。

——摘自《小野洋子的六个电影脚本》，
东京，1964 年 6 月

电影脚本 5

请观众照如下做：

1）别看洛克 · 哈德森，只看桃乐丝 · 黛。

2）别看任何圆形物只看方形的

和有棱角的——如果你看到一个圆形，就一直看

直到它变成方形的或有棱角的。

3）别看蓝色只看红色——假如蓝色出现

闭上眼睛或者做一些事情让自己看不见，

假如你看到了，让自己相信自己没看到，

或者惩罚自己。

——摘自《小野洋子的六个电影脚本》，

东京，1964 年 6 月

短片集锦

1）把同一部电影的正片寄给多名导演。
2）请他们每个人重新剪辑正片并且不
删掉任何素材使人们不会注意到正片被
重新剪辑过。
3）把所有版本以短品集锦的风格展示。

——摘自《小野洋子的六个电影脚本》，
东京，1964 年 6 月

想象电影系列

《死》(So 先生从生到死)

一部拍摄跨度长达 60 年的慢速电影，跟拍一个人从生到死的过程。从大约第 30 年起，随着男人结婚，它成为关于一对夫妻的电影。在接近尾声时，它真正变成一部“漫长等待的电影”，因为这时候电影明显地在拍摄手法上呈现出一种老化的品质，而电影中的男人看起来却依旧强壮。使人惊讶的是死亡以痢疾的方式如此突然地降临在男人身上。一部不可思议的电影，它让人思考。——你永远不知道自己什么时候会死。

一部超现实主义电影

《死》（So先生从生到死）

采访导演，富山先生。

告诉我，富山先生，您在电影界相对不太知名，您认为是不是跟您太投入到现在人称超现实主义电影的《死》（没印错——SHI在日语里是“死”的意思）一片的制作中有关？

是的，肯定是。

您制作这部片子花了多长时间？

六十年。

太不可思议了。

呃，你可以这样说。但假如他当时没死兴许还会拍更长时间。我算幸运的。

现在人们说这部片子将会在电影界创造一种新动向。您认为那会发生么？

这完全取决于你怎么能活得比电影长。

是的，是的，我听说您到最后也有些不耐烦了，不知道自己能不能等到主角死的那一幕发生。当然，您没有采取任何手段加快收尾或者其他对吧?

没有没有，一切都是自然发生的。

他的死因是什么?

痢疾。

据我所知电影是由日本一家番茄酱公司赞助的。

是的，这就是为什么整部片子带一点粉色调。他们希望我用红色主题去提醒你番茄酱的存在，但我选择用粉色代替。不过我保证了电影里的血看起来像番茄酱，而番茄酱看起来像血，以显示这两种物质都是不可或缺的。番茄酱公司很满意。此外,它还给电影带来一丝超现实感，否则就会太写实了。

4 号电影调查问卷　　1967 年 8 月 21 日 y.o.

姓名____
　姓　　　　中间名　　　　名　　　　其他

年龄____________职业____________________________

性别____

____

地址____
　曾用址　　　　现址　　　　未来址

你喜欢的颜色________________________________

你不喜欢的颜色______________________________

你有从该电影中看到任何颜色么？______________

你是否色盲？________________________________

你有在电影中看到任何六边形象么？____________

你会说该电影传递了某些潜在信息么？__________

你会说自己倾向于当一名头脑简单的人么？______

你会把这部电影介绍给你母亲看么？____________

你的妻子？______________孩子们？____________

你发现你的眼神集中在

a）银幕中心_________________________________

b）银幕的任何其他部位（指出具体部位）_________

关于你的职业你有没有撒谎？______________________________

性别？______________________________

假如有，你到底是谁？______________________________

你是否觉得电影太短，如果是，
你认为它应该还有多长？______________________________

你认不认为该电影是______最佳电影？
a）年度______ b）20 世纪______ c）十年______ d）史上______

你对参演这部电影感兴趣么？
____

你会形容自己的背影是 a）美丽的？______________________________
b）独特的？______c）有魅力的？______d）平凡的？______________
e）或者？_______ f）它是什么颜色的？______________________________
（请具体说明）

你认为这部电影是关于什么的？______________________________
____
____

除此以外？

填妥此表格，将之寄至 小野洋子 转交《国际时报》。

7 舞蹈

给舞台表演的舞蹈作品

在一片漆黑中跳舞。

请想看的观众点亮一根火柴。

每人最多只能点一根。

1961 秋

舞蹈篇

开一个舞蹈派对。
请人们与椅子共舞。

1961 冬

“13天DIY舞蹈节”

（实录）

寄一英镑给

即将在伦敦举行的小野洋子“13 天 DIY 舞蹈节”！

假如你没有一英镑，就寄等值的鲜花及 13 张邮票来。

寄：小野洋子舞蹈公司
汉诺威门大厦 25 号，NW 1

地点：舞蹈节将在你头脑里举行
时间：1967 年 9 月 27 日—10 月 9 日
你的英镑：付款后，你将在连续 13 天里每天收到一张舞蹈指令卡，写明在哪天哪个时候表演某件作品，因此我们所有人都会在同一时间表演。
表演方式：参加舞蹈的每一位成员将通过心灵感应与其他成员沟通。

把这条信息传给你的朋友，如果你认为他们可能感兴趣，请把他们的名字连同邮票一道寄给我们公司。我只有有限的 50 人邮寄名单和有限的邮票。那些曾经在纽约和我一起做过的朋友，请别透露结果。活动有轻微调整，尽管调整并不重要。

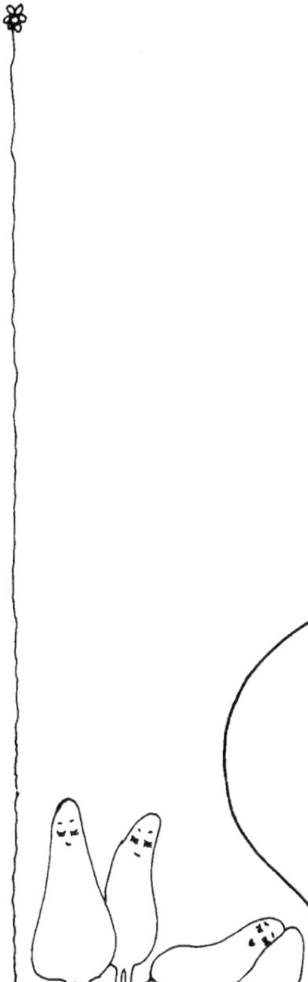

舞蹈报告

在古老的东方
有一种舞蹈，让十二三岁的少女
佩戴具有特殊迷魂作用的鲜花，
诱使她们站着就睡着了。她们继续
站好几个小时，而观众就在一旁观赏
她们轻轻摇曳的
婀娜身段。

午夜

呼吸

黎明

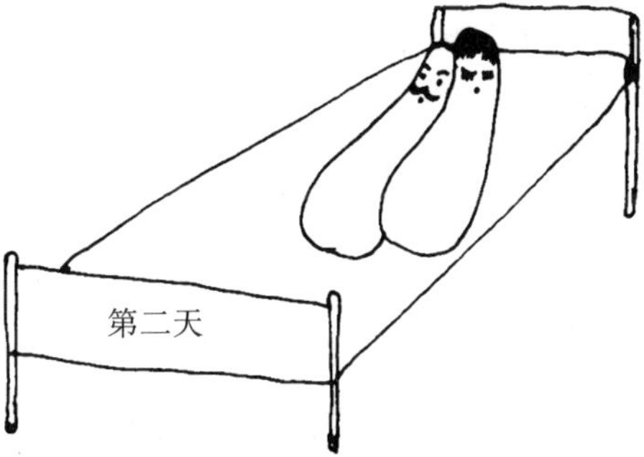

第三天

傍晚

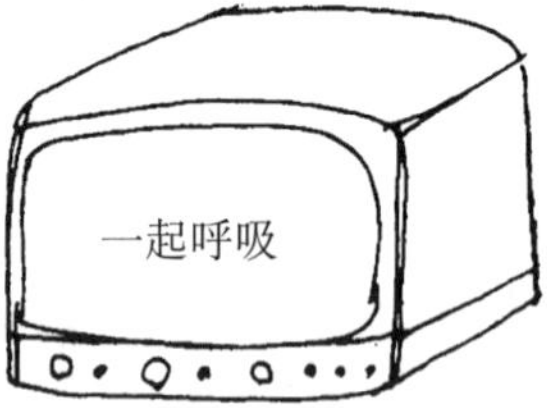

看

在天空画一个大圈
把圈的直径（猜）、方位，
你看到的天空的颜色，还有
你观看体验的时长告知我们。

第四天
下午

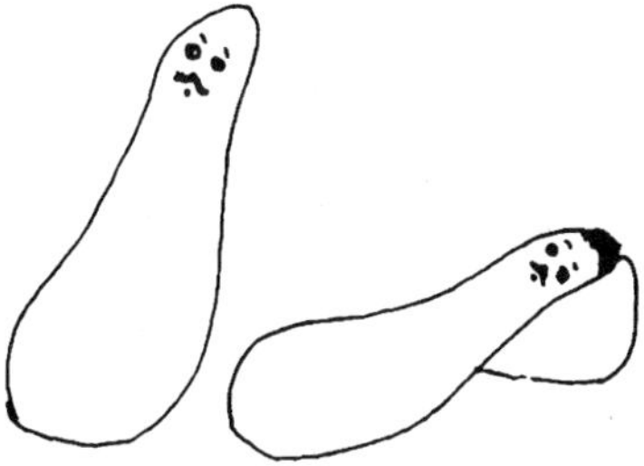

看

到离你最近的喷泉

看水跳舞

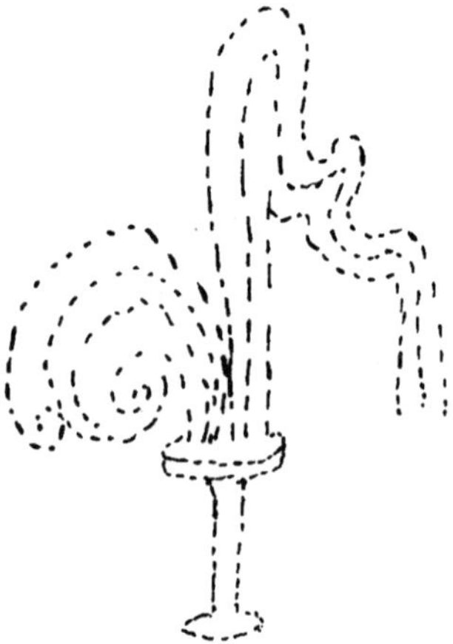

下午

第五天

小野洋子舞蹈公司“13 天舞蹈节”版权所有 小野洋子 伦敦 zzzzzzzzzzzzz

第六天 傍晚

看

你最近有没有看到地平线？
去看看地平线吧。从你
站的地方量它。让我们
知道它有多长。

第七天

傍晚

看

你最近有没有看到地平线？
去看看地平线吧。从你
站的地方量它。让我们
知道它有多长。

数

数有多少朵云
给它们起名字

第八天（下午）

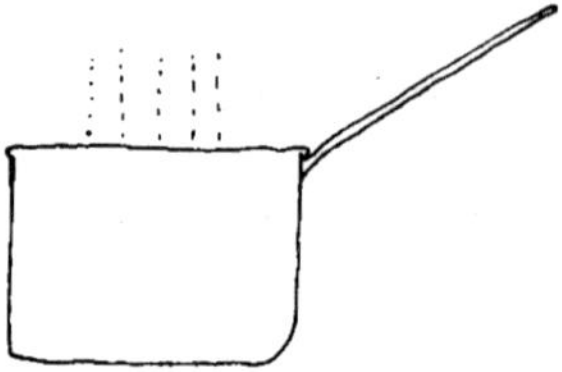

第八天 8 p.m.

看

烧水并看着直到它蒸发。

小野洋子舞蹈公司 & 水“13 天舞蹈节”伦敦 1967 no no no no no no……

握

与尽可能多的人握手。
写下他们的姓名。试试在
电梯、地铁、自动扶梯、
大街、洗手间里，
在山上，在暗处，白日梦里，
云上，等等。
把手洗干净或喷香水，
手执一朵鲜花，
成就一次美妙的握手。

第九天
下午

握

与尽可能多的人握手。
写下他们的姓名。试试在
电梯、地铁、自动扶梯、
大街、洗手间里，
在山上，在暗处，白日梦里，
云上，等等。
把手洗干净或喷香水，
手执一朵鲜花，
成就一次美妙的握手。

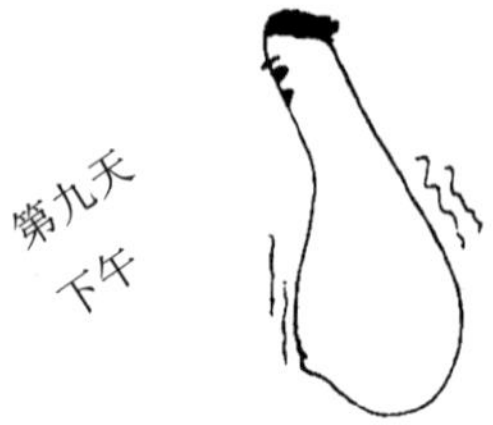

小野洋子舞蹈公司“13 天舞蹈节”版权所有 小野洋子 & 握手 1967 ma ma ma-

第十天 早晨

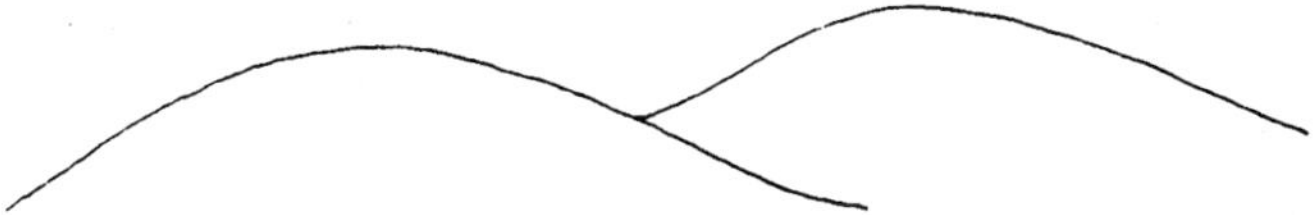

找

找一片三叶草
把三叶草身上所有可能部位的
尺寸和重量值寄给我们。

寄

寄一样你数不了的东西。

第 11 天

白天

第 12 天

梦中

游

在梦里有多远游多远

直到你找到一座小岛。

告诉我们结果。

第 13 天

未来时

给自己涂色

等待春天到来。

让我们知道它何时来。

舞蹈报告——关于面对

面壁一年，想象自己以头撞墙：

a）慢慢撞直到墙塌下你看见天。

b）猛撞直到你的头消失。

想想没了头对你的生活来说真的
是什么灾难么，或者它会不会
使你出行更方便因为你的身体将
变轻许多。

水语

你是水
我是水
我们都是水装在不同容器里
这就是为什么见面如此简单
哪天我们将一起蒸发

但即便水一点都不剩了
我们还很可能会指着容器
说，“那个是我，那一个。”
我们是容器守护者。

为“半阵风”展览而作，里森画廊，伦敦 1967 年。

舞蹈报告——关于躲藏

藏在碗柜里

a）直到你的家人开始纳闷

b）直到你的家人忘了你

（二选一）

舞蹈报告—— 关于漂浮
(或者如何使一座城市
足够轻以至于它会在
天空中飘走)

搬石头。继续搬更重的
石头直到它们变得
如此沉重，整座城市
看起来都比你正在搬的
东西要轻。

在你头脑中举行的小野洋子舞蹈公司“13 天舞蹈节”© 1967 小野洋子

信息

13 个音乐会作品表演实录

……鉴于大部分作品只由标题
或非常简短的指令组成，口口
相传它们从前是如何演出的
便成为一种习惯……

躲藏篇

躲起来。

该作品 1961 年首演于纽约卡内基演奏厅，当时完全关闭了音乐厅内的灯光包括舞台灯光，一个女孩藏在舞台上的巨幅画布后，由两名男子发出轻声伴奏。1962 年在东京，也是在一片漆黑中，表演者们躲在舞台上的不同道具背后，而一名男性单独表演者艰难地从他被套住的袋子中爬出来。1965 年在纽约，表演者和观众利用运河街地铁站作为表演场地，以各自的方式躲在其他人身后。1966 年在伦敦简尼特 · 科克伦剧场，小野洋子把一根 3 尺长的竿子放在舞台中央并在它后面躲了 1/2 个小时。

扫地篇

扫地。

该作品 1962 年在东京草月艺术中心首演，由一名男性单独表演者在小野洋子作品音乐会持续的 4 个小时期间，扫过了音乐厅内部和周边所有区域。该作品于 1966 年在伦敦简尼特·科克伦剧场再度演出，由小野洋子单独演出，从舞台一端扫到另一端。

切片篇

剪切。

该作品曾在京都、东京、纽约和伦敦演出。它通常是由小野洋子走到台上，保持坐姿，将一把剪刀摆在自己跟前，请观众一个接一个上台，把她衣服的一部分（任何部分只要他们乐意）剪下并带走。不过，该作品的表演者并不限于女性。

跳动篇

听心跳。

该作品1965年在纽约东尾剧场首演，人们走上舞台，躺在彼此身上聆听。

风篇

给一阵风让路。

该作品 1962 年在东京草月艺术中心首演，台上有一把巨大的电风扇。1966 年在康州的卫斯理大学举行，让观众略微移动座椅，造一条狭窄的通道让风通过。并没有以特殊的方式产生风。

承诺篇

承诺。

首演在简尼特 · 科克伦剧场，伦敦，1966年。作为当晚的压轴演出，小野洋子在台上打碎一个花瓶，请观众把碎片带回家，大家一起承诺十年后会把碎片带回来重新组成花瓶。第二次演出是由一名在东京的男表演者打电话给一名在纽约广场酒店的女表演者，1964年；第三次演出是由一名单独表演者给在东京北泽公寓的人打电话，1962年；第四次演出是由一名男子在纽约唐人街电话亭里给在纽约钱伯斯街loft公寓里的人打电话，1961年；第五次演出，一只巴黎大象给一只新几内亚鹦鹉打电话，1959年——所有通话都是有关未来会面的。打电话或书写有关未来会面的事情或其他计划。

悄悄话篇

说悄悄话。

该作品原本称为电话作品，而且是口口相传系列的开头部分。它通常是由表演者凑近现场某一名观众的耳朵，悄悄说一个词或一个音符，让对方传递下去直到它抵达现场最后一名观众。

呼吸篇

呼吸。

1966 年首演在美国康涅迪格州卫斯理大学。一张很大的卡片上面用细小的字母写着“呼吸”，卡片在观众手中传递三个回合。

飞篇

飞。

该作品1964年首演在东京内科画廊。每个出席当晚活动的人都以他／她自己的方式飞翔。作品在伦敦简尼特·科克伦剧场二度公演，由观众们上台，从为他们准备的高低不等的梯子上跳下来。

问题篇

提问。

该作品1962年首演在东京草月艺术中心，由两个人在台上相互提问而不作答。当时是以法语表演的，但也可以使用别的语种或好几种语言同时进行。该作品是一个由不间断的提问组成的对白或独白作品，只由问题来回答问题。该作品还于1964年在东京的美国之声广播节目中以英语播出，同年还在NTV（日本电视台）中以日语演出，由六名来自观众的儿童参与。

消失篇

烧水。

该作品1966年在纽约首演,只有五人参加。这不是故意的，很可能是跟当时的纽约地铁罢工有关。用蒸馏器烧水，直到水全部从蒸馏器的另一边出来，这花了两个小时。1966年在伦敦水星剧场，在台上宣布了烧水的行为，烧水壶的大小，等等。真正烧是在诺丁山门的公寓里进行。水的完全蒸发是在舞台上宣布的，作为整个作品的结尾。

钟篇

通常把一个时钟摆放在舞台中央，让观众一直等到闹铃响完。

触碰篇

触碰。

该作品曾在欧洲、美国、日本多地演出过。通常把灯光关闭，让观众相互触碰十分钟，有时甚至长达两小时。1964 年在京都南禅寺的事件一直持续到黎明。在伦敦，人们在触碰过程中开始用口哨吹主题曲《桂河大桥》，于是变成了大合唱。

节目单

小野洋子的三幅旧作

内科画廊

首日 1964 年 6 月 7 日

5 a.m. — 11 a.m.

为了看见天空的画

第二日 1964 年 6 月 14 日

5 a.m. — 11 a.m.

握手画

第三日 1964 年 6 月 21 日

5 a.m. — 11 a.m.

烟画

批评家、艺术商人

与狗不准入内

9 A.M. — 11 A.M

内科画廊

1964 年 5 月 24 日

小野洋子

出席前请先把耳朵洗干净。

飞

小野洋子

场所：内科画廊

时间：4 月 25 日（土）8 P.M.

就是要飞的意思。

触碰诗 NO. 3

地点：尼日利亚，非洲

时间：1964 年 3 月 33 日

出席前请先把头发洗干净。

—声音之内和结构之内—

节目单

发芽

运动的

悄悄话

京都山一演奏厅 1964 年 7 月 20 日 6 P.M. 开始

门票在导览处有售。

致卫斯理人

致卫斯理人（出席了会议的）。

——我 1966 年 1 月 13 日讲座的补充说明

当一名小提琴手在拉奏时，哪种东西是附带的：臂部运动还是琴弓声音？

尝试一下只有臂部运动。

如果说我的音乐要求身体上的安静，那是因为它要求你的注意力集中在自身——这就需要内在的平静，而这种内在平静也会导致外在的平静。

我把我的音乐更多地视为某种实践多于音乐。

对我来说唯一存在的声音是内心的声音。我的作品仅仅是为了引出人们内心的声音。

不可能用一个秒表或一个节拍器去控制心灵时间。在心灵世界，事物延绵广远，超越了时间。

有一阵永不息止的风。

xxxxxxxxxxxxx

我的绘画全部是指令绘画（是由其他人完成的），是在拼贴艺术、集成艺术（1915）和偶发艺术（1905）问世之后才产生的。考虑到我绘画的性质，用以上三个词之一或某个新词都会比绘画一词更贴切。但是我喜欢绘画这个旧词，因为它可以立马跟“墙面粉刷”中的粉刷联系上，这样很好，很有意思。

在我的指令绘画中，我主要的兴趣在于“在你头脑中构建的画”。比如，在你的头脑中，一条直线可能作为一条纯粹的直线存在，而不是曲线的一部分。而且，一条线可以同时是直的，弯的，或者别的。一个点可以以 1、2、3、4、5、6 维形态同时存在，也可以依你想感知的方式在不同时间以不同的组合存在。分子的运动可以同时是连续的和不连续的，可以是有色和／或无色的。没有一种视觉物不与其他物相比较或同时存在，但这些特点也都可以依照你的意愿被清除。一场日落可以持续好几天。你可以把天空中的云全吃掉。你可以通过电话跟一个在北极的人共同组装一幅画，就像玩象棋一样。这种绘画手段最早可以追溯到二战时期，那时候我和哥哥没东西可吃，就在空气中交换菜单。

也许会有两个人做同一个梦，但不会有两个人看到同一把椅子。

xxxxxxxxxxx

我认为是有可能看到一张椅子的本质的。但当你烧掉椅子，你突然意识到你心中的椅子并没有烧掉或消失。物理建构的世界似乎是最真实可触的，因而也是最终的。这使我很紧张。我想了解事情是否真的是这样子。

难道建构不是事物之始，犹如一粒种子？难道它不是一个更伟大的整全的其中一部分，如大象之尾？难道它不是某种正待浮现之物——未完全成型——永不会彻底成型……就像一座未建成的，以天为穹的教堂？因此，有了下列作品：

一具塑料维纳斯，但是她的头需要想象出来。
一个纸球和一本大理石书，但最终版本是仅仅在你头脑中存在的二者的合体。
一个大理石球体（实际存在的），但在你头脑中，随着它伸展到房间的另一侧而逐渐变成一个尖锐的圆锥体。
一个被厚厚的大理石而不是雪覆盖的花园——是如雪的大理石，只有当你把大理石层铲掉才能欣赏花园之美。
一千根针：想象用一根笔直的线把它们穿起来。

xxxxxxxxx

我宁愿在每个街角看到一台天空机而不是可乐机。比起可乐我们需要更多的天空。

xxxxxxx

舞蹈曾是人与神，与人自身的神性沟通的方式。不知从什么时候起舞蹈变成了一群人在舞台聚光灯下顶着裱糊的脸谱作自我表现？难道在一片漆黑中人就无法沟通了么？

假如人们养成在上班路上走到每个街口翻个筋斗的习惯，在每次打架前脱掉裤衩的习惯，在任何愉快的时刻跟陌生人握手的习惯，在街上、地铁、电梯、厕所等各种场所献花或者送出他们衣服的一部分的习惯，还有，假如政客们在讨论任何事情之前都要先通过一个茶馆门（很低，因此人们需要把腰弓得很低才能通过），并且花一天的时间在最近的公园里看喷泉水跳舞，如此一来，世界事务也许会降低一点效率，但我们或许能拥有和平。

对于我来说这才是舞蹈。

xxxxx

我在其他领域的所有作品都具有某种“事件倾向”，可以这么说。人们问我为什么把一些作品称为“事件”而另一些不是。他们又问我为什么不把我的“事件”称作“偶发艺术”？

事件，我认为，不像偶发艺术那样是许多其他艺术形式的综合，而是从各种感官知觉中逃离。它不像大部分偶发艺术那样具有一种“大家一起来”的性质，而是处理与自己的关系。此外，它也没有偶发艺术所具备的脚本，尽管它也有一些东西作为原始驱动——与它最接近的词可能是“愿望”或“希望”。

在上周一次小型晚宴上，我们突然发现，一位我们特别敬仰的诗人朋友居然是位色盲。芭芭拉·摩尔说：“这就解释了他的作品。通常人们的眼睛被色彩蒙蔽，看不见真实的事物。”

通过去除视觉、听觉、动觉感知而清除掉头脑中的障碍之后，什么会从我们之间产生呢？会有任何东西么？我很好奇。而我的大部分事件都是在好奇中发生的。

在京都，南禅寺的住持非常慷慨地准许我的事件使用其中一座寺院。这是一座历史悠久的寺庙，住持准许外人，尤其是一名女子作如此使用是前所未有的礼遇。事件从傍晚开始，黎明结束。大约五十人前来，他们知道会持续到黎明。给他们的指令是望天，并且要“触碰”。其中有一些人很快就睡着了，直到黎明。有一些坐在园中，一些坐在像游廊的宽大走廊上。那是一个美好的月圆之夜，皓月当空，平常在月光下呈黑色的山和树，当晚开始泛绿。人们谈论月光晒、月光浴，还有关于触碰天空的事。我注意到，有两个人一直窃窃私语，互诉人生故事。偶然有一个躁动的人走到我跟前，问我是否还好。我觉得很有意思，因为那是一个温暖平和的七月夜，我没有理由感觉不好。也许是因为他觉得有某种东西正在他身上发生，某种他还不知道如何应对的事物，而对他来说唯一的出口就是到我这里问我是否还好。我刚开始有点紧张，担心那些晒月光晒得过度兴奋的人会用烟头在国宝级的地板和榻榻米上烫出洞来，因为他们大部分是摩登的日本年轻人，还有一些法国人和美国人，但是那种事情没有发生。当清晨的微风拂进时，人们悄悄叫醒他们的朋友，我们轮流沐浴，三个一批，这是当天那个时辰寺院特意为我们准备的沐浴。寺院的浴池由巨石砌成，非常暖和。沐浴后，我们喝味噌汤吃饭团。我什么也没说，大家在离开前就安静地打扫起房间来并且把走廊擦干净。我不认识他们中大部分人，因为他们大多来自京都，他们走的时候也没有留下姓名。我很好奇他们是什么人。

另一次，同样是在京都，在南禅寺事件以前，我在山一演奏厅举办一场音乐会，名字叫做“脱衣舞秀”（其实是给头脑脱衣）。第二天我碰到住持，他看起来有些不满。

“我去了您的音乐会，”他说。

“谢谢，您喜欢么？”

“呃，为什么您将三把椅子放在台上，把它叫做三人脱衣舞？”

“不管是椅子还是石头还是女人，都是一样的，住持。”

“音乐在哪里？”

“音乐在我脑子里，住持。”

“但那就跟我们做的事情一样。您不是一位前卫作曲家么？”

“那只是别人图方便给我贴的标签。”

“比方说，黛敏郎会不会创作您这种音乐？”

“我只能替我自己说话。”

“您有很多追随者么？”

“没有，但是我认识两个知道我在干嘛的男人，对此我很感激。”

尽管身为住持，他却非常年轻，可能比我还年轻。我很好奇这位住持现在在做什么。

另一件值得纪念的事件是在东京内科画廊的“飞”。人们被告知在来之前准备好自己飞的方式。那次我没有出席。

xxx

人们谈论偶发艺术，说艺术正朝这个方向发展，偶发艺术正在吸收各种不同的艺术形式。我不相信艺术上的集体主义，或者任何事物的单向发展。我认为最好是回归到多种艺术并存的状态，包括偶发艺术，就像有各色各样的花一样。实际上,我们可以有更多关乎“嗅觉”“重量”“味觉”“呐喊”“愤怒”（比赛谁更愤怒，类似这种）等等的艺术。人们可能会说，我们从来不把事物分割开来体验，它们总是处在融合的状态，所以要有“偶发艺术”，因为“偶发艺术”就是所有感官知觉的融合。是的，我同意，但如果是这样的话，那就有更多的理由和挑战来把一种感官体验从其他感官体验中隔离开来，因为这正是日常生活中稀缺的。艺术不仅仅是日常生活的复制。让生活吸收艺术，跟让艺术复制生活是两码事。

但是回归到拥有多种不同的艺术分类，并不意味着，打个比方，一个人必须只用声音去创作音乐。一个人也可以发出让人们观火十天的指令，为的是在头脑中创造一个视像。

心灵无处不在，生活中的事件从来不是孤立的，历史永恒在扩容。生活和心灵的自然状态是复杂的。对于这一点，艺术所能提供的(假如它能的话——在我看来似乎它能）是一种复杂性的消失，一个真空，通过它你可以抵达一种心灵完全放松的状态。之后你可以重回生活的复杂性，也许会不一样了，也许还是老样子，或者你永远也回不去了，但那是你的问题。

精神的富足应该像肉体的富足一样值得担忧。基督不是曾说过，让约翰·凯奇上天堂就像让骆驼穿过针眼一样难么？我认为尽可能地放弃所有是一件好事，像放弃物质财产一样放弃尽可能多的精神财产，因为它们堵塞你的心灵。保持环境、声音、思想和信念的贫乏是一件好事。应当保持自我的渺小，如同一粒米，而不是自我膨胀。使你自己变得可有可无，像纸一样。少看，少听，少思。

心是菩提树
身为明镜台
时时勤拂拭
不使染尘埃。
——神秀

菩提本无树
明镜亦非台
本来无一物
何处染尘埃？
——惠能

信件

寄给伊凡·卡普的信的副本　　1965 年 1 月 4 日

1965 年 1 月 4 日

亲爱的伊凡，

谢谢你去看托尼·考克斯。是的，很有必要把画卖掉，不是么，如果你办一场展览要花掉 3000 美金。

为什么不办一场仅面向艺术家的名叫“画一个圈”的开幕预展呢？我们将仅邀请少数经我们挑选的艺术家——这种做法有点粗俗，但是粗俗有时也可以很有趣。我们将邀请鲍勃·劳森伯格、贾斯帕·约翰斯等人。还有一些老艺术家如马克斯·恩斯特、杜尚、野口勇也是值得邀请的人。

我猜有些艺术家在欧洲——比如马克斯·恩斯特——我们将给他们出往返机票，这项支出你可以追加到画作的价格里。因为这些画作，一句话，将由这些艺术家合作完成。我们会要求他们携带画圈的工具，然后在一幅画上画一个圈——其实是在一块空白画布上。画一个圈对他们来说应该不算什么难事，而不管你从哪里，千里迢迢来到画廊只为画一个圈，这个想法本身就很迷人，我想。

我认为绘画可以被指令化。这样的话，艺术家只需要给出绘画的指令或者图解——绘画就差不多成为一种按照说明书完成的 DIY 套装。只有当一个人听从指令让它来到这个世界上时，画作才开始存在。从那时起，画作将经历充满变数的一生，由不同的人听从指令，或者有些时候，抗拒指令，给画作留下自己努力的痕迹，由此在画作的存在中扮演一种积极的角色。

想象一幅挂在 MoMA 的“钉子画”,旁边有指令“钉一枚钉子进去”，人群每天进进出出把大小各异的钉子钉在上面，绘画也因此每时每刻都在改变面目。

画圈的和钉钉子的倒不见得非得是劳森伯格或者约翰斯。

我可以想象一位布朗克斯维尔地区的家庭主妇对客人说 :“请您在喝一杯之前先在我的画上面加个圈。”或者一位客人说 :“我冒昧在您的画上加了一个洞以此表达我对这幅画的倾慕。”等等。这就是我的梦想，相信要很久以后才能实现。

由于这个方法——指令绘画——很多有趣的东西才成为可能——比如创造一种作为实体与非实体融合态的视觉物。你将看到这些或长或短的指令在我书中的绘画部分呈现。我希望那些采纳了我有关绘画的理念的人会创造出更多指令。这样很快就不需要艺术家了，因为人们会自己书写、交换指令并且将它们画出来。

但首先，我想，我们要从“画一个圈”开始。我们还可以把下列绘画也包含在开幕预展中。

1）把你的影子画在画布上
2）在画布上开一个洞
3）钉一枚钉子
4）画一朵花
5）擦除或剪切直到画布不复存在
等等

此外，拿来创作的画布不一定是空白的，也可以是现成的画作，我们可以在上面画圈，画花，等等。任何画作都可以，从达·芬奇到沃霍的，只要你能提供这些画而不是一张空白画布！在此我附上两条根据这两位艺术家的绘画得出的指令……

尼古拉斯 · 罗格斯代尔　　　　1967 年 9 月 23 日

里森画廊

贝尔大街 68 号

NW 1

亲爱的尼古拉斯：　　　　　　　　回复：碰头会

我想我们终于可以开一次之前就一直在讨论的碰头会了。明晚 8:15 怎么样？会议自然会很短，因为你通常很忙，而我又很紧张，其实跟你是一码事。我不能在这儿逗留超过 20 分钟所以请你准时。

你最好走着来，我想，因为你那儿在那个时间根本打不到车。从你那儿到这里不过五分钟。首先你要在你右边的街道尽头左转，走大约 50 英尺，右转（你会看到一个路牌写着单行道，你就在那儿转身）一直走到看见一个路左边的咖啡吧（不干净），一直挂着一个“关”的标志却没有关（你会看到里面有人），然后你通过咖啡吧旁边的窄巷（这是一条捷径），这样你就自然而然到了梅街，从那儿一直走到公园路。我的楼是左边第一栋。

上述指令是从我的角度看问题，因为从你的角度来看对于我来说太复杂了，我不想让人太困惑。所以你仅仅需要把我的指令倒过来，左即是右，右即是左，不过它应该能把你带到我的地方。

希望到时候能看见你。

真挚的，

理查德贝拉米　　　　　　1966 年 12 月 18 日

转交 哥道斯基　　　　　　水

1078 麦迪逊大街

纽约城，纽约州

美国

h.e.l.p.

请将此信息交给阳台上的人。

小野洋子的其他作品——仅作为独立方案存在（咨询“大袋出品”，萨维尔街3号，伦敦W1）

乐谱

关于公园世界里的一只葡萄柚——歌剧
草莓与小提琴——歌剧
AOS——歌剧
脉动——给弦乐四重奏
掌篇——给声乐二重唱
问题篇——给声乐
给女高音的歌，及其他
给儿童的歌
给病童的歌
在淋浴底下唱的歌
在浴缸里唱的歌
在床上唱的歌
煮米饭音乐
烤面包音乐
煮蛋计时器回旋曲

物品

烟物
影子们
许愿作品
天空电视（来自“9件家具”系列，1966）
一台安装在展厅里的闭路电视，
为了观天。
袋子衣
半物
瓶装半物

为了看见后背的镜子（来自“9 件家具”系列，1966）

世界拉出器
黎明石（一件必须仅在日出前被观看的作品）
微笑盒子
等等。

绘画

一些绘画、素描和书法。

录音带

音乐录音带
研讨会录音带
事件录音带

建筑

7 个建筑物理念

剧场作品

13 个舞台剧本，及其他

电影

一些电影

密纹唱片

诗歌

触碰诗
在黑暗中读的诗
在烛光中读的诗
在黎明读的诗
将被绿色覆盖的诗
将要老去的诗
要找的诗
沙诗
城市诗
水诗
重量诗
要用放大镜读的诗
线条诗
纸诗
描虚线系列
调查问卷
伦敦冬天性高潮游戏
信件警察

故事

儿童故事
给很老的人的故事和歌曲
给很胖的人的故事和歌曲
给很孤独的人的故事和歌曲
给很没教养的人的故事和歌曲
给性欲过旺的人的故事和歌曲
给胆小鬼的故事和歌曲
给有头皮屑的人的故事和歌曲
更多小野洋子创作的故事
其他人创作的关于小野洋子的故事

目录

因迪卡画廊展
里森画廊展
4 号电影
5 号电影及两名处女
6 号电影
电影“你在此”
电影“自画像”
袋子衣“什么时候及怎么穿它”(新版。图解小册子)
某些有趣的信件

图书在版编目(CIP)数据

葡萄柚 / (日) 小野洋子著；梁幸仪译.
—桂林：广西师范大学出版社，2015.11（2023.3 重印）
书名原文: Grapefruit

ISBN 978-7-5495-7311-0

Ⅰ. ①葡… Ⅱ. ①小… ②梁… Ⅲ. ①诗集 – 日本 – 现代
Ⅳ. ①I313.25

中国版本图书馆CIP数据核字(2015)第248333号

鸣谢：林冠艺术基金会

广西师范大学出版社出版发行

广西桂林市五里店路9号　邮政编码：541004
网址：www.bbtpress.com

全国新华书店经销

发行热线：010-64284815

山东韵杰文化科技有限公司

开本：787mm × 1092mm　1/48

印张：6　字数：50千字

2015年11月第1版　2023年3月第11次印刷

定价：48.00元

GRAPEFRUIT was originally published in a limited
edition of 500 copies by the Wunternaum Press
in Tokyo in 1964.
A new edition containing material from the original,
and pieces and drawings done in subsequent years
by Yoko Ono, was published by Simon & Schuster,
New York, in 1970. This new edition is the first
publication of the work in the Chinese language.

著作权合同登记图字：20-2021-225